琴剑诗系·全国公安实力派诗人丛书

杨明山
诗选

全国公安文联 / 选编

群众出版社
·北京·

图书在版编目（CIP）数据

杨明山诗选／全国公安文联编 . —北京：群众出版社，2016.11
（琴剑诗系·全国公安实力派诗人丛书）
ISBN 978 - 7 - 5014 - 5600 - 0

Ⅰ. ①杨⋯ Ⅱ. ①全⋯ Ⅲ. ①诗集—中国—当代 Ⅳ. ①I227

中国版本图书馆 CIP 数据核字（2016）第 266672 号

杨明山诗选

全国公安文联 选编

出版发行：群众出版社
地　　址：北京市丰台区方庄芳星园三区 15 号楼
邮政编码：100078
经　　销：新华书店
印　　刷：北京普瑞德印刷厂

版　　次：2016 年 11 月第 1 版
印　　次：2016 年 11 月第 1 次
印　　张：7.75
开　　本：880 毫米×1230 毫米　1/32
字　　数：197 千字

书　　号：ISBN 978 - 7 - 5014 - 5600 - 0
定　　价：29.00 元

网　　址：www.qzcbs.com
电子邮箱：qzcbs@ sohu.com

营销中心电话：010 - 83903254
读者服务部电话（门市）：010 - 83903257
警官读者俱乐部电话（网购、邮购）：010 - 83903253
文艺分社电话：010 - 83903973

目　录

第三辑　影绰山随积雪暗

总序

公安战士的文化风范与盎然诗情

梁鸿鹰

警察有警察的风范，战士有战士的情怀，他们的文化追求，他们的精神世界，值得嘉许和褒扬。托尔斯泰曾经说过，人类被赋予了一项重要工作，那就是精神的成长。而在人精神成长、内心世界丰富的进程中，诗歌往往可以发挥至为重要的作用。有诗情、会写诗的人，他们更会生活，更有工作的激情和爱的能力。放眼全国公安队伍，杨锦、侯马、田湘、胡丘陵等一大批用自己的业余时间在文学世界里驰骋的人，就是有精神追求、有文化情怀的人，他们有作为人民卫士的博大胸襟。同样，他们以诗人永不衰竭的歌喉，歌唱理想、呼唤美好、维护正义，体现出的独特诗情，体现着当代文学的独有风范。

事实上，在我们这个诗的国度里，诗言志，同时诗向来润物细无声。在当代公安文化的建设中，诗歌起到的作用向来十分突出，奋起、担当与参与，使之成为文化的轻骑兵，鼓舞干劲、激扬斗志、暖人心怀。战士有战士的情怀，属于国家；公安人有公安人的诗情，源于责任。因此，当海地维和武警兄弟遇难的时候，诗人、散文家杨锦用发自内心的诗章接战士们的遗体回家，他感叹"大地在颤抖中将海地揉碎，当加勒比海不再湛蓝，哭泣的太子港撕裂为世界最终的伤口。当蓝色贝雷帽被黑暗压埋，心的碎片像瓦砾般散落，无法捡拾"。而当高原舟曲灾难袭来的时候，杨锦写下《格桑花在守望》，"啊，圣洁的高原之花，在风雨中挺立，不放弃绽放，让希望在高原上盛开"。正是这样的诗情，将大爱播撒，将大义传扬。诗人贾卫国与他一样，诗句里充满阳刚之气。面对抗战的英烈，他感慨"我听见 从一只手的血管里 传来轰鸣的声音/牙齿咬碎了 一粒粒子弹在枪膛里屏住呼吸/今天 当我无意中目睹了这座骨头铸就的壁垒/必须提醒我的孩子 这是大地深处从未停息的冲锋"。而在森林公安诗人孙敬伟看来，祖国永远是诗人情怀中最神圣的所在，他想象的世界，永远把祖国置于至高无上的位置，他说"祖国，我宁愿一生饱尝委屈和痛苦/也不愿意让你受到任何伤害/我的诗是溢满眼眶的泪水/永远也写不尽你的欢乐与悲哀"，这是他深沉情愫的最直接表达。

擅长以理性的批判和清醒的历史意识穿行于社会、政治、历史和文化的公共空间的胡丘陵，在这部诗集里，将诗的实用性与纯洁性区别开来。注重从记忆深处提取经验，叙述经由畅想达到人情、人文、悲悯、忧伤和正义，透露出当代诗学别开生面的美学趣味：超美学、杂美学，即把诗学从形式主义的牢笼拯救出来，进入生命、生存、生态的广阔界面。

诗无疆界，诗无达诂，拥有诗情的人，就像掌握了进入多彩人生与瑰丽世界的魔棒与钥匙，他们也许不想刻意追求成为世上无谓的、假意幸福的人，但他们希望成为拥有对故乡、对土地怀有炽烈情怀的人。正如邓醒群所说，"因为小草，因为粮食，因为生命/从今天起，我只专注/神圣而永恒的土地"。诗情的可贵往往源自眼光的独特，因拥有看世界的独特视角而使诗情卓然，这是足以让人羡慕的。如同云南的公安战士舒显富（芒原）感受的那样，一种对抗岁月流逝的冲动使他躁动不安，他说"冷是暖的石磨/而诗人却和时间缠斗，在树下厮磨/杀书，磨字，饮鸩止渴"，我喜欢这"杀书"的劲道，我欢呼这"磨字"的决绝，一个诗人，假如失去了进入诗意世界的独特路径，无异于谋杀了诗意。辽宁的公安诗人杨明山那些致力于古体诗歌创作的成果，格外吸引人，在诗坛上，能够贯通古今，修得一种亲切自然之功，那是很不容易的，比如他的《七绝·寄远》："迢迢漫道望君时，几缕相思暗自知。却尽铅华一樽酒，清茶两盏再谈诗。"诗、酒、茶、友谊，在他这里浑然一体，言简意赅，同样是因为他掌握了通往诗意的密钥。

我们生活在这个世界上，能够以诗的名义，能够把大千世界缩微在那参差不齐的字句中，能够以蓄意的节奏和随意的韵律表达自己对世界的敬意，把对生活的感悟争取到自己的内心，这种难得的情怀，在逐利的时代显得格外优雅。女诗人刘一民的诗，当歌则歌，当哭则哭，但绝不放弃对深邃与优雅的追求，"比起秋天，冬天更疼我/它从梅花的芳香里，剥出/寂静和风暴，送给我/并让它们将我紧紧拥抱"。这些句子，固然属于女性，但更属于有情怀的战士。而在沈国徐看来，诗是触及灵魂的文体，高于语言、处于文字之外，"能借个地方说话吗/青春不在，故人大多远去/时间就像一把毒药"。这些句子，记录的是对往昔的无奈，在我们的灵魂中，永远留着一块地方，是给一去不复返的东西的，在他的眼里，流逝的，更值得记忆，因为可以随时提醒我们，什么才是真正值得珍视的。李尚朝是20世纪90年代成名的诗人，他的诗情来自生活最富于质感的地方，对一个时代的精神状态有着准确的把握。他在其《大雪》一诗里说，"大雪来得正是时候/十个人看见了仆伏的草/一个人看见了站着的树//我在十一月看到一场大雪/像多年前的灰烬漫天飞洒/一个人站着，像多年前的一团火/雪花硕大，他一语不发"，让人看到精神萎靡的人群里那些人格独立的时代形象。而徐国志永远把最本真、最质朴的诗情送给乡间让他温暖的一切，"时至今日　乡间让我温暖/让我俯瞰一片谷穗的碰撞/秋风在谷底　在河滩　牵出/一条溪水　细细的溪水/试图拉起身后的/大山　让我们沿着河滩/贴近谷底　融入溪水的山涧/追溯秋风的底细　回到土地/深处　回到一棵谷穗的饱满"。这种"饱满"是热爱之后的欣赏，浸透了对燕山草木的深情。孙学军的诗歌文本是他内心的呈现与关照，是他自我灵魂的拯救。他的诗歌文本单纯古朴、秀润纤细、凝重酣畅，是他精神思维的再凸显，更多的时候他关注低处的生存现状，并在山河万物、一草一木、锅碗瓢盆以及琐碎的生活物象里参展，扩及自己的精神维度。他的诗既有深度意象的东西，又能通过适当的叙述营造语境，妙在控制力十足。

这些战士有情怀，这些情怀属于当下，连接着过去与未来，属于最美好的精神创造。

是为序。

（作者系《文艺报》总编、著名文学评论家）

序

光清莺引赤霞高

张　策

　　在社会上闯荡，每个人都会有朋友。而朋友前面能冠以"老"字者，朋友这个词就沉重了，也显得珍贵起来。老朋友其实有两层含义：一是确实交往的年头多，如从小一同成长的"发小儿"，"两小无猜"，"竹马青梅"，确实是岁月勾兑成的一壶老酒，有醇厚的滋味。二是认识并不久远，但恰巧有共同的爱好或追求，一见如故，相见恨晚，遂惺惺相惜。如果也用酒来形容，便恰似初酿而成的新高粱，清冽而激情迸发，是一种热腾腾的燃烧感。

　　在我看来，此两种老朋友，实属各有千秋。但后者显然比前者更有内涵一些。"发小儿"长成，天南海北，便各有各的人生了，维系着友情的，恐怕只有儿时的那点儿记忆。而产生自理想信念的情谊，却有着牢固的基础，虽可能淡如水，清如茶，却彼此欣赏，甚至是竞争着。如鲁迅文学院公安作家研修班有三位青年作家，人称"三剑客"，都写小说，都在文学上有自己的追求，多少有些相互不服气，却因此而成为好友。这样的老朋友，人生得一足矣。

　　我和明山同志的友情，应该属于后者吧。

但细细想来，我和明山与"三剑客"也有不同。我们虽然都喜文学，但我写小说，于诗词歌赋一窍不通，明山却是一个优秀的诗词家，我们之间构不成竞争之势。我们相识近十年，情感融洽，想来原因应该有三：一是乡土情怀。明山是辽宁人，我虽生于北京，辽宁却是祖籍，俗话说亲不亲故乡人。二是性格相近。性情上，我们都随和，平淡，鲜有那种咄咄逼人的气势。三是对中国传统文化都有一种沉浸其中的热爱。明山的诗词，常常打动我心，我虽愚钝，却也是能从中听出琴瑟和谐的。

我和明山同志相识于2009年前后全国公安作协古典诗词分会的筹备与成立期间。我也是在那个时候才知道在全国公安系统的百万大军中，竟有着一支活跃的古典诗词爱好者队伍，想来也真是孤陋寡闻了。但也正因为这样的孤陋寡闻，我对当代公安题材和古典文学体裁的结合，有了一种敏感和责任感。在这一点上，明山自然和我一拍即合。明山至今出版诗词集三部：2010年的《诗未了》（线装书局），2013年的《藏地留痕》（西藏人民出版社），今年的这部《杨明山诗选》（群众出版社）。他在公安诗词创作的道路上，一步一个脚印地探索着，前进着。

特别值得一提的是他的《藏地留痕》。那是他2010年至2013年在西藏援藏工作三年的真实记录。2013年9月，全国公安文联和辽宁省作协、西藏作协联合为他的这部心血之作召开了研讨会，诸多诗词大家与会，对此书的重视程度可见一斑。会上多有精准而恳切的评论，更不乏赞誉之词，而从我的角度而言，我更赞赏他在雪域高原上三年的拼搏和思考。在古典诗词创作与火热的公安斗争生活相结合这个命题上，明山交出了一份优异的答卷。而三年的援藏生活，也充分体现出身为公安民警的明山对职责的热爱和坚守。这位表面看上去温文尔雅的兄弟，其实具备着钢铁般的意志和坚忍不拔的勇气。

因此，当他的新作《杨明山诗选》摆到我的案头时，我该为之说几句话，便是义不容辞的事情。

但话从何说起，却也一时茫然。明山的诗词内容丰富，涉及面广，写景，抒情，状物，喻人，多有绰约古典的真情放纵，亦不乏豪迈潇洒的壮志长歌。于我这个外行来说，实在不知从何置笔。《杨明山诗选》全书共收诗词214首，分为"谁将素练细勾描"、"渐有春风上树梢"、"影绰山随积雪暗"和"光清莺引赤霞高"四个部分。洋洋洒洒，飘飘逸逸，既有浅吟低唱，又有引吭高歌，读他的诗，实在是一种享受，却难以捕捉他行走在路上的灵魂。

想来想去，还是从反映火热的公安斗争生活说起吧。这于我是职责所在，也是发自内心的一种追求。

2009年，全国公安作协古典诗词分会成立，有识之士就提出了这个课题，引起了公安诗词家们的热烈探讨。2014年，随着公安文化事业的蓬勃发展，全国公安诗歌诗词学会成立，古典诗词分会合并其中。这样的整合，其实象征着诗歌与诗词的共同发展，也寓意着二者之间的一种传承。中华文化源远流长，从古典诗词到现代诗歌，血脉相通，魂魄相融。而此时，研究和尝试古典诗词反映当代中国公安事业，已经成为广大公安诗词家和诗词爱好者的自觉，亦成为诗词创作的主流。谢长虹、涂运桥、张谨等优秀公安诗词家，都有着极好的作品问世。明山作为全国公安诗歌诗词学会的副会长，一位有着丰富公安斗争生活经历的诗词家，自然在这方面也是佳作不断。早在2010年的诗集《诗未了》中，他就有这样的绝句："相约辽水岸，大计问民安。承启千秋业，求实胆剑篇。"2013年的诗集《藏地留痕》，更是多有在西藏那曲地区公安机关任职时的切身感受。这次的《杨明山诗选》，开篇即是《辽宁公安赋》："天辽地宁，星河浩瀚。千载沧桑凝聚，百年壮志承传。辽宁公安旌旗刺日，铁流击阻，路迢迢兮唯进，风烈烈兮当关"，"百虑千谋，人民在我心中事，公平正义增福祉；剑胆琴心，法章成就枕边书，充实奉献铸铁肩"。读来铿锵有力，掷地有声，实为佳构。

明山是个重情重义的人。他的三部诗集里多有赠予各地公安战友的诗作，这是他创作中的一大特色。如《七绝·赠有恒兄弟》："莫笑三杯青酒急，松风竹影暗潮汐。人生谁有涅槃日？况是百期旧话题。"如《七绝·赠海刚兄》："湖湘帝阙展风华，山水相闻格调加。漫道胡杨情似海，秋来枫叶早着花。"这些赠诗，初看不觉什么，但如读了明山每每留在诗后的附记，便会更加品尝到诗中的意味。当我们知道海刚兄是宁夏的一位公安民警时，"漫道胡杨情似海，秋来枫叶早着花"，就是我们眼前情深意浓的一幅画卷了。

古典诗词是中华文化的瑰宝，千百年来留下了数不清的名篇佳句，融汇成一泓艺术的海洋，引我们这些后来者遨游其中，乐而忘返。明山于此间已深得其韵，成绩斐然。著名诗词大家张同吾先生曾评价明山的诗词："美韵佳句不胜枚举，语言优美而圆融，比譬鲜活而灵动。"著名作家萨仁图娅也说道："写作是明山生命表达的重要方式，深情歌吟，深沉感悟，已达到艺术的自觉。"两位先生的评语，我深以为然。翻明山的诗集，每每会有让我眼前一亮的佳句。不说别的，仅就他作为其中标题的"影绰山随积雪暗"一句，就已经令我拍案叫绝了。

我总以为，身为公安民警的我们，是要学习和掌握中华传统文化精髓的。这应该是我们的一种自觉。这不是为了让我们贴上一张"能文能武"的标签，而是为了让我们这支队伍更具战斗力和亲和力。大道理，不在这里多讲，明山同志的诗词创作和他的工作业绩，已经把这个道理讲得很透彻了。说到此，又想起一件事。明山援藏归来，在辽宁省公安文联的支持下，主持在辽宁省公安系统成立了辽宁公安诗词学会。这是省级公安机关的第一家诗词学会。明山在普及中华传统文化上又做了一件功德无量的事情。

2014年9月，杨明山同志进京参加第100期高级警官培训班学习，曾赋《五律·培训记》一首，诗云："中秋圆月后，旋起赴京潮。甫有双周迅，腾升五百骄。正音归简朴，泰斗辨分毫。愿得齐平策，民生敢聚焦。"诗中有隐隐之豪情，亦有堂堂之正气。为此，引此诗为本文结尾，并祝我的老朋友明山事业有成，节节高升，创作出更多更好的诗词佳作。

2016年3月于北京

（作者现为中国作协全委会委员、全国公安文联副主席，一级警监，著名作家）

第一辑　谁将素练细勾描

辽宁公安赋（2014）

天辽地宁，星河浩瀚。千载沧桑凝聚，百年壮志承传。辽宁公安旌旗刺日，铁流击阻，路迢迢兮唯进，风烈烈兮当关。

忆从前，彰益除弊，铲特肃奸，金科玉律，整饬大千。岁月交融，血沃龙庭花枝俏；春秋代序，心牵华夏改革艰。关公跃马，气贯长虹平魔障，打防并举呼忠义；钟馗仗剑，奉命持节诛魑魅，管控兼施保平安。喜今朝，勤勉好学，追求卓越，爱岗敬业，务真求廉。放眼大局，呕心沥血全运会；民生至上，问苦圆梦抗洪山。百虑千谋，人民在我心中事，公平正义增福祉；剑胆琴心，法章成就枕边书，充实奉献铸铁肩。抚今思昔，新乐有知犹新乐；继往开来，曹彰更奏凯歌还。设若留影存文，何等感地动天？

欣逢盛世，立馆布展，明其始终，知其递嬗。载兴挥毫，赋而歌之曰：壮哉，辽宁公安！

作于 2014 年元月 16 日。

七 律

赠月先副厅长

位显犹怜五斗米，
心清不问九铢钱。
文生云海松涛处，
笔落苍山鹤壁间。
偶取茗霞邀月饮，
常持节钺叩民安。
横眉时向千夫指，
道法自然何等闲。

作于 2013 年 8 月 31 日。

白月先时任辽宁省公安厅党委副书记、常务副厅长。笔者援藏结束时，白厅长亲自到机场迎接，为所有单位接机领导中最德高望重者。

五　律

与京友游红海滩

诚邀终北上，

京沈架长廊。

故友开新路，

朝衣做晚妆。

酒歌谁比似？

蒲苇正夸张。

鹤乡情谊重，

岂止鹤腾翔？

作于 2013 年 10 月 9 日。

　　经多次邀请，"十一"小长假期间，北京市公安局徐倩一行四人来盘锦。颔联：由于京沈高速车多拥堵并因雾霾封道，京友共行 12 个小时抵盘锦。

七 绝

望甲午偶得

甲午重逢梦魇深，
长安环望少佳邻。
蓝天碧水同肤色，
广厦琼筵狼子心。

作于 2013 年 12 月 18 日。

五　律

逢中国警察协会警务保障分会成立致贺

同赠明望理事长

天清百事合，
心朗雾霾开。
诏令出金殿，
宾朋四海来。
识途归老骥，
展翅仗英才。
联手同风雨，
豪情下九垓。

作于 2014 年 4 月 10 日。

同月 9 日，中国警察协会警务保障分会在京成立，原公安部装备财务局副局长刘明望任首届理事长。

五 律

记新书审稿会

四月连绵事，

徘徊桑梓坊。

一声集结号，

十省汇湖湘。

细小修文藻，

宏图辩理纲。

陋室无烟雨，

偏生金凤凰。

作于 2014 年 4 月 23 日。

同月 21 日至 22 日，在湖南湘西自治州召开《警务保障创新与发展》一书审稿会。颔联：参加审稿会的代表除北京外，共来自辽宁、上海、天津、宁夏、浙江等 10 个省份。尾联：4 月 22 日晚观看大型主题演出《烟雨凤凰》，讲述人间真情涅槃重生的故事，借此祝贺审稿会圆满成功。

七　绝

赠元和兄

访澳归来添慧根，
八年风雨更精神。
感君逢诸频问讯，
不是亲人也是亲。

作于 2014 年 4 月 23 日。

邵元和，时任天津市公安局警务保障部主任。笔者曾于 2006 年与其同赴澳洲培训，结下深厚友谊。后因工作调动，与其失去联系多年。但元和兄多次问询，感激不已。

五　律

培训记

中秋圆月后，
旋起赴京潮。
甫有双周迅，
腾升五百骄。
正音归简朴，
泰斗辨分毫。
愿得齐平策，
民生敢聚焦。

作于 2014 年 9 月 8 日，白露，中秋节。

同月 9 日至 22 日，共有 500 人参加的公安部第 100 期警督晋升警监培训历时 15 天，在中国人民公安大学结业。9 月 23 日，秋分，学员返程。

七　绝

赠有恒兄弟

莫笑三杯青酒急，
松风竹影暗潮汐。
人生谁有涅槃日？
况是百期旧话题。

作于 2014 年 9 月 20 日。

警监培训期间，与公安部装备财务局张有恒兄弟同学，临别
赠之。

七 绝

赠海刚兄

湖湘帝阙展风华，
山水相闻格调加。
漫道胡杨情似海，
秋来枫叶早着花。

作于 2014 年 9 月 20 日。

警监培训期间，与宁夏回族自治区警务保障部王海刚兄同学，临别赠之。

南乡子

赠徐倩

邂逅有情天。

博物院中博物难。

信步闲庭谙法度。方圆。

最异青花赞小囡。

记忆似优盘。

笑在黄金海岸间。

何故牵心藏地事？惜缘。

一盏茗香绕指烟。

作于 2014 年 10 月 11 日。

9 月 14 日，由北京市公安局徐倩导游参观首都博物馆。

七 律
伤天津"8·12"

猛士蛾蛾化絮风，
人间烟火太伤情。
青春似梦前生梦，
赤子如虹昨日虹。
忍将家翁托客舍，
当闻爱侣望萍踪。
此时大地虽干净，
何有浊流扬仄声？

作于 2015 年 8 月 15 日。

天津 8 月 12 日发生特大火灾。

五　律

阅兵日记（一）

念念承平事，
偏偏入梦惊。
长城鼙鼓裂，
铁臂大刀横。
华夏积云慧，
渔舟望海清。
旌旗如画里，
何必借东风？

作于 2015 年 9 月 3 日。

五 律

阅兵日记（二）

寰球当瞩目，
九月是京城。
雁阵长空暗，
铁流校场风。
歌功宣义使，
聚首唱和声。
今又裁兵备，
欣欣壮大宁。

作于 2015 年 9 月 5 日。

第二辑　渐有春风上树梢

五　律

题李松涛故居

今者三层栋，
曾名五杏居。
依山出法式，
循古矗旌旗。
文海擎天柱，
师坛拱背基。
仙风与道骨，
鸥鸟莫轻疑。

作于 2013 年 8 月 20 日。

李松涛，著名军旅诗人，全国诗歌学会副会长。笔者于 2012 年秋辽宁文学院培训时得奉为师。

七　绝

盘锦红海滩

薰风侧帽欲登楼，
织女停梭酽酽羞。
欲掩宽袍遮暖色，
却失茜草炫平洲。

作于 2013 年 10 月 10 日。

七 绝
拾手机归还记

邂逅手机苹果名，
怏怏失主怎传情？
归来雀跃连狮吼，
郁烈纯真羡后生。

作于 2013 年 10 月 28 日。

七　绝

节日偶感

日憎雾霾锁碧天，
夜耽轻响误时年。
如丛炮仗扶摇起，
路在翁家何处边？

作于 2014 年元月 3 日。

七　律

除夕记忆

节日诚如寻日餐，

逢春老幼不同颜。

百无聊赖除夕酒，

兴致盎然压岁钱。

醉里土豪夸富贵，

梦中显宦卜偏安。

世风何似联欢会，

总给他人做笑谈。

作于 2014 年元月 31 日。

七 绝

送友人之哈尔滨

清风送子到边城，
火树银花相对迎。
莫使英姿空傲雪，
他乡无语故乡青。

作于 2014 年 2 月 17 日。

七　绝

忆那曲

我在故乡花满渚，
怜君依旧雪飘蓬。
小屋多少牵心事，
午夜重回梦里惊。

作于 2014 年 4 月 16 日。

时从那曲发来图片，整个那曲行署院内（辽宁援藏公寓所在地）大雪迷漫。

五　绝

《烟雨凤凰》观后记

亲情与爱情，
骨肉共纯诚。
钢淬须经火，
无劫不永生。

作于 2014 年 4 月 23 日。

　　4 月 22 日夜，在湘西观看大型主题演出《烟雨凤凰》。讲述一对亲兄弟同时爱上一个苗家少女，而少女与弟弟情投意合。失意的哥哥在拉纤时沉入江底，负疚的弟弟千里寻兄一去不归。长久等待的少女感天动地，众神驾临，彩凤飞舞，真爱涅槃重生。

七 绝

岳麓书院

国史频流岳麓波，
千年梁栋耀星河。
才识之外何堪重？
莫想私家事太多。

作于 2014 年 4 月 23 日。

同日游长沙岳麓书院。这是我国古代四大书院之一，公元 976 年
（北宋开宝九年）由潭州太守朱洞所建。元、明、清相沿办学。书院
对湖湘文教产生重要影响，张栻、朱熹、王阳明等思想家都曾在此讲
学。出于此院的历史名人众多，有彭龟年、游九功、胡大时、吴猎、
王夫之、陶澍、彭浚、贺长龄、魏源、曾国藩、左宗棠、曾国荃、杨
昌济、范源濂、程潜等。

五 律

雨中访韶山故居

敛神朝圣域，

烟雨入韶关。

伞舞长蛇阵，

车摇鼓浪船。

文华书过铺，

功老事犹廉。

室简风高古，

时人重几篇？

作于 2014 年 4 月 24 日。

五　律

访贵州茅台镇

甫入茅台镇，
方惊赤水长。
香风驯万象，
红土蕴华章。
前事歌功去，
宏图放眼量。
周公评酒后，
玉液涌霞光。

作于 2014 年 5 月 6 日。

七 绝

访遵义纪念馆

瑞金襟度岂空谈?
铁血悲风湘水寒。
生死攸关非谢氏,
却裁遵义作东山。

作于 2014 年 5 月 6 日。

五　绝

家有考生四章之一
考前

卜知芒种后，
疏雨漫阴天。
或许晴明日，
俺家出状元。

作于 2014 年 6 月 6 日。

此日是二十四节气之中的芒种，而一年一度的高考将在芒种后的
7、8、9 日举行。

五　绝

家有考生四章之二
考中（一）

场外巳申静，
人车共海洋。
凛然铃响彻，
潮引又钱塘。

作于 2014 年 6 月 7 日。

巳申是干支历法中的地支，十二地支构成二十四时辰，巳是上午
9—11 时，申是下午 3—5 时。高考的时间安排，正好是上午 9—11：30，
下午 3—5 时。

五　绝

家有考生四章之三

考中（二）

豪馆皆告罄，
平房未得暇。
没有金丝雀，
何以利商家？

作于 2014 年 6 月 8 日。

五　绝

家有考生四章之四

考后

室小空余静，
夜长惟有眠。
呼朋引伴去，
从此我为仙。

作于 2014 年 6 月 9 日。

七　律
写于高考发榜之际

不枉当时风雨声！
一张皇榜复伤情。
岂因学海频失手？
最是华年又远征！
陋室寒蝉求暖帐，
青山云鹤起苍穹。
古今高中当言瑞，
水作祝词三两盅。

作于 2014 年 6 月 24 日。

　　是时高考发榜，儿子成绩不错。见父母高兴，儿子说：有一题还白扔了。想到儿子马上离家求学，就宽容吧，下厨炒菜，并以水作酒小庆。

五　律

羡诸逍遥客

（画配诗）

一年分四季，
秋意最缤纷。
儿女多无赖，
农家暖色频。
寻幽天入水，
赏梦画生音。
羡诸逍遥客，
临屏唱此文。

作于 2014 年 10 月 4 日。

有感博友秋意图片而作。

古 风

岁末赠诗友十一章（一）

清溪无古渡，
早慧出高文。
莫以新荷小，
不谙俗世心。

作于 2014 年 12 月 11 日。

古 风

岁末赠诗友十一章（二）

柳细生坚韧，
肩削入栋梁。
知足犹抱朴，
曲笔竟华章。

作于 2014 年 12 月 12 日。

古　风

岁末赠诗友十一章（三）

欲诉语何轻，

笑时眼窝红。

生于往事里，

成在囧途中。

作于 2014 年 12 月 12 日。

古　风
岁末赠诗友十一章（四）

行孝堪持重，
将儿有义方。
天公惜此意，
许尔驻明堂。

作于 2014 年 12 月 13 日。

五　绝

岁末赠诗友十一章（五）

轻车逢老骥，
薄袄笑高寒。
美酒藏吧夜，
心情欲曙天。

作于 2014 年 12 月 15 日。

五　律

岁末赠诗友十一章（六）

世风皆欲下，
何以望秋心？
围场轻云鹤，
尘寰掩秀林。
荷清垂露影，
玉润叩金音。
幸得通灵笔，
琳琅赋美文。

作于 2014 年 12 月 18 日。

七 绝

岁末赠诗友十一章（七）

世间何物暗伤神？
皎皎空中孤月轮。
幸有诗文番教诲，
化为律己感恩心。

作于 2014 年 12 月 23 日。

七　绝

岁末赠诗友十一章（八）

遥谢中天文曲星，
参商挂角各西东。
自从顶礼平安夜，
荏苒风光大不同。

作于 2014 年 12 月 26 日。

七　绝

岁末赠诗友十一章（九）

君未明言我怎知，
当年曾有共歌时？
机缘万种终需会，
酒未融酡懒赋诗。

作于 2014 年 12 月 27 日。

五　律

岁末赠诗友十一章（十）

相望天和地，
相逢人与人。
岂因梅傲骨，
同有竹虚心。
俊逸出云岫，
神思过海津。
华年多孝悌，
无语亦牵魂。

作于 2014 年 12 月 28 日。

五　律

岁末赠诗友十一章（十一）

渐起恹恹绪，
忽闻有客临。
乍听番似梦，
执手始识真。
妙语融春雪，
香茶慰简心。
平生谁仰止，
猎猎古风存！

作于 2014 年 12 月 29 日。

　　诗友回赠诗曰：喜得平安入诗囊，艾莲花雨夜飘香。不醉闹市寻幽处，心随神思回宋唐。梦里自觉乾坤大，山中不知日月长。淡泊宁静君莫怪，愿守田园戍边疆。

五　律
窗　花

浅梦将云散，
惺忪望雨林。
淑房积雪重，
巧妇绣波深。
触手清入骨，
呵气暖融心。
暗许明朝后，
复为花语人。

作于 2014 年 12 月 29 日。

时见好友窗花图片，乐而记之。

五　律

立春日逢兰开

春至谁为证？
兰发小室幽。
叶留侠客影，
花裹玉人头。
溪水云峰寺，
丝竹夜雨楼。
恨无郑公笔，
表里各丹丘。

作于 2015 年 2 月 6 日。

郑公，郑板桥，以画兰竹著名。丹丘，神仙世界。表里各丹丘，
即言郑板桥一生磊落，官场内外皆世人楷模。

五 律

乙未元宵节即事

求解上元夜，
幽幽史记同。
书归圆善意，
诗有恨别声。
焰火繁花树，
游人五彩风。
唯独天上月，
千古照清冷。

作于 2015 年 3 月 6 日。

七　绝

箴　语

当年太子弃豪身，
鹿野功成初转轮。
始信修行如蓓蕾，
春来多少未缤纷。

作于 2015 年 3 月 9 日。

　　据载，佛祖释迦牟尼出家前为古印度迦毗罗卫国（即尼泊尔）太子，成佛后在鹿野苑为随他一起修行的五个仆人讲法，称初转法轮。这五个仆人曾对跟随佛陀修行产生动摇而一度离开。可见修行清苦之甚，亦谓不是每个修行者都能成正果，或得到加持原谅。

七 绝

清华培训四章之一

国学

可叹连绵日月光，
中年犹累世俗伤。
寻常惯取儒释锦，
逍客偏偏忘老庄。

作于 2015 年 3 月 29 日。

同月 23 日至 29 日，在清华大学培训。早春三月的京都皇苑万物复苏，清华园里更是明净清澈，生机盎然，与行色匆匆的学子、安闲朗逸的游人相得益彰。

中国国学体系以儒为干，以道为根，其他学说为枝叶。而儒、释、道三宗各有千秋又相互依存，入世需儒，忘世需道，转世需释（佛）。

五　律

清华培训四章之二

清华印象

柳细桃花姹，

迎春早入关。

风怜桑梓地，

学重领航船。

水木清华榭，

厚德载物篇。

三亭应寄语，

援古做今贤。

作于 2015 年 3 月 29 日。

水木清华：四字出于晋谢鲲《游西园诗》："惠风荡繁囿，白云屯曾阿。寒裳顺兰止，水木湛清华"。朱柱上悬清道光进士，咸、同、光三代礼部侍郎殷兆镛撰书的名联："槛外山光历春夏秋冬万千变幻都非凡境，窗中云影任东南西北去来澹荡洵是仙居。"厚德载物：清华校训是"自强不息，厚德载物"。三亭：清华园里有为纪念闻一多、朱自清和吴晗三位大师而修建的闻亭、自清亭和晗亭。

七　绝

清华培训四章之三

赏古典音乐

假如历史不回身，
音乐圣经安可闻？
唯痛天才多命舛，
仙宫常有下凡人。

作于 2015 年 3 月 30 日。

西方古典音乐代表性人物莫扎特、贝多芬的作品被奉为音乐圣
经，但作曲家命运坎坷，"音乐神童"莫扎特 35 岁离世，"乐圣"贝
多芬 57 岁殡天。

七 绝

清华培训四章之四

心得

静时阴雨动时风，
百重消磨童子功。
此刻学堂修正业，
阳光重塑老顽童。

作于 2015 年 3 月 30 日。

七　绝

赠子瑜

卿家有老未团圆，
我母仙西十五年。
莫以小文遮俗念，
错失多少绕膝安。

作于 2015 年 5 月 10 日。

时子瑜有文，叹母亲节因公务不能与母相守，遂用诗一首排遣烦郁，故赠之。子瑜诗：三迁何历历，愧问老莱心。雏日方身背，春晖每泪吟。诗怀舒病骨，兰桂沐甘霖。又感轩窗月，新凉掩薄衾。

五　律

盖州采风三章之一

采风印象

盖州山水净，
旖旎落幽潭。
亭小堪栖鹤，
光清可乘仙。
田家一扇瓦，
钓客几丝竿。
更有簪花者，
桃源深处还。

作于 2015 年 5 月 25 日。

是时为辽宁公安诗词学会成立以来的第一次采风。

七　绝

盖州采风三章之二

采风寄语

一地丛生别样天，

四方何意会八仙？

今宵愿将刘伶醉，

萃取星文落玉盘。

作于 2015 年 5 月 25 日。

首次采风聚集辽宁省内诗友八人。

七　律

盖州采风三章之三

酬鲍兄

轻车一骑路十千，
好景潺湲玉上烟。
兄嫂殷勤花满渚，
诗家豪兴酒倾坛。
藏乡红日故乡水，
心里清风梦里山。
戏问今朝重聚首，
何成花甲伴娇颜？

作于2015年5月25日。

五　律

访凌源小村

暮语凉风起，
晨钟布谷歌。
循声惊隐境，
蹑履顾青萝。
野旷山花盛，
星河瀚海多。
此时禅意永，
妙处不须说。

作于 2015 年 5 月 26 日。

时访朝阳凌源市，夜宿河坎子村友人家。小村与冀比邻，群山环绕，满目青翠，百禽争鸣。翌日晨沿小径登山，过山口，景色愈发摄人魂魄，疑为桃源旧地，或《山鬼》原居也。

五 绝

暑日游小长山岛

沙鸥翔锦帐，
船橹摇洞庭。
两岸无硝火，
海河从此清。

作于 2015 年 7 月 20 日。

五 律

大连笔会赠刘川兄弟

暑气行将炽，

三天何谓长？

水中诗日月，

夜下品川江。

以我蚍蜉似，

感君兰若芳。

结游长海上，

行止俱清凉。

作于 2015 年 7 月 20 日。

刘川，时为《诗潮》杂志执行主编，著名诗人。

七　绝

大连笔会赠英辉主席

岂独乡土著文声？
更有高风大道同。
今日海边垂钓客，
明朝斗室品茶筝。

作于 2015 年 7 月 20 日。

王英辉，时为沈阳市文联副主席，笔者同乡。

七　绝

题竹并赠金明兄

春雨黎明渐次回，
霞光何日照崔嵬？
斯生岂止管城重，
不向红尘问事非。

作于 2015 年 7 月 28 日。

白金明，时为辽宁省书法家协会副主席。管城：毛笔的代称。

七 绝

教师节偶题

白露无诗忆吾师，
菊花正绕树红时。
晚风帐下应提笔，
旭日不惊访客迟。

作于 2015 年 9 月 10 日。

七　绝

访宁夏诗四首之一

沙湖

平罗有景艳阳天，
霜露滴翻五色盘。
绿水黄沙连苇帐，
驼铃鹈语正寒暄。

作于 2015 年 10 月 20 日。

　　10 月 11 日至 14 日应宁夏回族自治区公安厅王海刚兄之邀访宁夏。其间游沙湖，观西北影视城，谒西夏陵，拜中华黄河坛，访沙坡头。西北的粗犷豁达，贺兰山的雄壮苍凉，黄河的静谧安详，大漠的驼铃落日，无不称奇道古，过目难忘。平罗：宁夏的平罗县，沙湖位于平罗县境内。

七　绝

访宁夏诗四首之二

西北影视城

繁简时空自在春，
枯荣生死任钩沉。
萧萧斗室藏机杼，
不过人间大伪真。

作于 2015 年 10 月 20 日。

七　绝

访宁夏诗四首之三

西夏陵

瀚海阑干大帐宽，
金戈铁马朔风寒。
两山一水生王气，
鼎立延绵二百年。

作于 2015 年 10 月 20 日。

两山一水：山即构成宁夏天然屏障的贺兰山和六盘山，水即养育华夏民族的母亲河黄河。鼎立延绵二百年：西夏从公元 1038 年建国到公元 1227 年灭亡，先与北宋、辽，后与南宋、金鼎足而立，共存 190 年之久。

七 绝
访宁夏诗四首之四
沙坡头

金沙碧水唤坡头，
昨日陇凉今绿洲。
寂寂黄河谁解语？
存封大漠有根由。

作于 2015 年 10 月 20 日。

延伸到宁夏境内的腾格里沙漠被称为沙坡头，是王维"大漠孤烟直，长河落日圆"之原地。存封大漠：指黄河水在防风固沙方面起的决定性作用。

古 风

十月访兴城三章之一

兴城印象

福地藏幽境，
兴城得锦囊。
金秋山水色，
青史日月光。
望海神思远，
登高故垒长。
芸芸千古道，
万象有圆方。

作于 2015 年 10 月 17 日。

同月 15 日至 17 日，辽宁公安诗词学会第二次采风活动。

五 绝

十月访兴城三章之二

赠李局

邀我三番久，
知君故意长。
不须言语诵，
来往重德芳。

作于 2015 年 10 月 17 日。

李局即兴城市公安局副局长李一强，笔者好友。应其邀请将采风地定为兴城。

五　律

十月访兴城三章之三

送北京诗友格格回京

若非诗有梦，
何以入关乡？
屡屡孤程暗，
幽幽早泪长。
新杯浊酒意，
古道热心肠。
好友如莲朵，
清渠向远芳。

作于 2015 年 10 月 17 日。

五　律

赠海洋兄弟

履役逢生日，

他乡故事长。

回眸不惑早，

望远寄平昌。

有郑须荣耀，

无江讵海洋？

祝词烛火后，

再续满庭芳。

作于 2015 年 10 月 29 日。

　　时在兴城参加辽宁省财政厅举办的采购协会会议。姜海洋是笔者好友，会时逢其生日。郑：美女的代称。春秋时郑国以美女闻名。也暗合海洋夫人姓名。

五　律
寄　月

乾坤连浩瀚，
千古绽青光。
武略凝秦汉，
文华思宋唐。
今朝王气永，
昨夜叹息长。
吾辈应何似？
泰山石敢当。

作于 2015 年 10 月 30 日。

第三辑　影绰山随积雪暗

玉楼春

游　藏

远朋千里追云袅，
五月高原相媚好。
流连光景戏朱颜，
四季同歌衣恨少。

藏餐羌酒开心岛，
伞下莺声夜色渺。
缘泽春雨渐葱茏，
牵手何需灵芝草。

作于 2013 年 6 月 5 日。

　　时有内地友人进藏，伴游林芝、日喀则、山南、拉萨等地。四季
同歌衣恨少：指藏地同一天里不时出现的或雨或雪或风或晴的天气
变化。

鹧鸪天

题紫烟薰衣草庄园

一片清愁化紫烟。
人间何得玉皇园?
山织罗缦云裁锦,
水振金声风送蝉。

留幻影,荡秋千,
晴光蛺蝶正缠绵。
诚知无计延迟暮,
也寄羲和慢舞鞭。

作于 2013 年 8 月 20 日。

浣溪沙

七 夕

谁道七夕不可怜？
漫言天上与人间。
无常散聚总悲欢。

未得轻车寻老骥，
安知苞黍透新甜？
茸茵弦月胜神仙。

作于 2013 年 8 月 6 日。

浣溪沙

雨夜即事

暑气翻腾夜未央，
忽生霹雳绕兰房。
风敲耳鼓雨敲窗。

恰似痴中情似火，
旋如嗔后冷如霜。
天涯咫尺暗思长。

作于 2013 年 8 月 6 日。

朝中措

游鸟岛

重临芳渚继芳踪，
秋韵染晴空。
翻教长天暖调，
金风幻作春融。

情人桥上，
天鹅湖畔，
顾笑卿卿。
留影菁华本色，
何求万紫千红？

作于 2013 年 10 月 27 日。

生查子

忆　梦

盈盈清酒杯，
朗朗闲庭月。
静雅正山堂，
婉转金丝雀。

流连光影楼，
斗趣黄金叶。
呵手试温情，
梦醒西风烈。

作于 2013 年 11 月 10 日。

蝶恋花

摄影交流会后记

看罢飞光流影去。

日暮回车，逸兴深深续。

况有仙人辞故里。

烹鸡煮酒酬知己。

犹恨机缘如过隙。

寂寞苍颜，错觉千般起。

夜下温馨杯共举。

斯情永炽同相忆。

作于 2013 年 11 月 22 日。

同日，"80 后"摄影师李馨曌在辽宁大学举办摄影学术交流会，介绍自 2008 年至 2013 年，在帕米尔高原用相机记录塔吉克族人民生活的史诗般作品。

减字木兰花

忆旧游

金风荡漾，
谁取飞光织锦帐？
曲径幽然，
细语涓成不老泉。
缘来滋味，
度曲吟诗同赴会。
静夜何人，
怅怅临池写洛神。

作于 2014 年 2 月 8 日。

浣溪沙

无　题

（国酒青樽共雅俗）

国酒青樽共雅俗，
蚝鱼蚬贝忆从初。
五湖烟景笑姑苏。

乍起惊雷光似昼，
旋来夜雨亮如珠。
人间春色有时无。

作于2014年5月24日。

五湖烟景笑姑苏：春秋时期越国大夫范蠡助勾践灭吴后急流勇
退，离开姑苏城，携西施泛舟五湖。

踏莎行

酬　宴

瞬息浮生，三年戍旅，
琵琶渐满苍凉语。
孤毫写尽婉约词，
不及七日藏乡曲。

沈北夕阳，昭陵夜雨，
思成夏至难复去。
衔杯遥向此情长，
任它下泪串珠玉。

作于 2014 年 6 月 27 日。

　　同月 23 日是笔者援藏结束一周年之日。有曾进藏朋友邀我小祝，后会于 6 月 27 日，计七人。不及七日藏乡曲：指朋友去年 5 月 28 日至 6 月 4 日在藏。

渔歌子

中 伏

一抹愁云一雪山，
一丝吴语一高天。
风澹漾，雨含烟，
五湖不泊世俗船。

作于 2014 年 8 月 6 日。

文后小注：中伏之末，已闻秋声，凉风渐起。想前日流火，旦夕
氤氲，忽有隔世之思。所谓片言达意，足见窥斑知豹；一叶识秋，顿
悟法度中存。故曰：中天冷暖，实有无形架构；世情薄厚，皆因内心
取舍。册录浮名，终须大浪淘沙；人生故事，何不删繁就简。去年今
日，有友曾云：一念起天涯咫尺，一念灭咫尺天涯。依稀品味辩证之
间，却得异曲同工之妙。故作《渔歌子》记之。

南乡子

伤 逝

何事我惊心?

侬鬓幽幽初断云。

细数轻分频叹息。青春。

飞逝如同水上纹。

迤逦到如今。

酒入红尘独自斟。

进退无非驹过隙。温存。

世上何人比我真?

作于 2014 年 8 月 17 日。

见爱人头上平添白发而伤怀。

水调歌头

送子求学记

处暑带秋雨，清爽试新装。

幸哉有子（女）如是，笈满过重洋。

遥想光阴荏苒，总角垂髫束发，

英迈小儿郎（姑娘）。

孔氏温良谛，孟母育人章。

饯行酒，悄悄话，乱心房。

此时休怨，且将吴语入囊箱：

许你花间爱侣，切记张弛有度，

道在曲中藏。

鹰隼除尖喙，所得最阳刚。

作于 2014 年 8 月 29 日。

是时儿子升学在即，遣移忧思，同寄圈中诸友。

玉楼春

秋　意

月光如水添萧瑟。

无意悲秋偏落寞。

画堂燕去影何觅?

尘满新窠涂旧色。

中年休取少年错。

杨柳芙蕖昏晓客。

餐余愁尽欲挥毫,

字未成形洇纸墨。

作于 2014 年 9 月 3 日。

玉楼春

中 秋

园中菊满苞新绽。

雨后光盈扑小院。

清凉暖步渐虚无，

一曲瑶筝忽又乱。

古来今夜相思岸。

咫尺天涯另一半。

坡仙月似此时圆？

千里同辉千古叹。

作于 2014 年 9 月 8 日。

浣溪沙

忆红海滩

大道从容连碧空，
半边金色半边红。
秋风旖旎竞春风。

海内无波出秀界，
心中莞尔是倾城。
凭栏俯首笑喽兵。

作于 2014 年 10 月 8 日。

卜算子

平安日与平安夜

惯赏太阳风，
谁见晴明雪？
许是人间天上愁，
会此相融也。

人过望花桥，
夜入平安夜。
欲把今夕作上元，
醉了梢头月。

作于 2014 年 12 月 25 日。

同日沈阳晴空飞雪，近午方停。

采桑子

寄　远

春来何处寻芳去?
才过三八,
又到三巴。
南国忽发北国花。

古今川府边陲地。
不是天涯,
也是天涯。
沧海巫山共晚霞。

作于 2015 年 3 月 11 日。

蝶恋花

初春咏叹调

午后恹恹昏又醒。
早过清明，
何有侵肤冷？
帘外桃花帘内情，
纷扬如雪砌香冢。

常恨无常欺艳影。
欲绽先零，
是幸还非幸？
曲曲折折千万种，
长长短短皆春梦。

作于 2015 年 4 月 18 日。

蝶恋花

遣悲词

恨喜悲无端邂逅！
瞬息阴阳，
暑里凉风透。
小院篱笆方锦绣，
荷锄提水复重有？

寂寞边城空苑囿。
回忆如昨，
带雨花枝瘦。
定是天堂寻隐士，
家翁奉诏卿知否？

作于 2015 年 7 月 27 日。

第四辑　光清莺引赤霞高

七 绝

无 题

（浅酒轻歌故影亲）

浅酒轻歌故影亲，
神山圣水沐精神。
皆言软语滋生色，
即使枪唇也动心。

作于 2013 年 6 月 9 日。

七　绝

题双荷小照

柔情绰态暗芬芳,
世外双姝下柳塘。
碧海明霞辉映处,
青天白日隐云厢。

作于 2013 年 7 月 10 日。

七　律

与进藏诸友同游海棠山

辽西何处觅佛光？
此日殷殷向海棠。
广目摩崖惊圣域，
传神阁寺见颇章。
山连秋影惜芳草，
缘到无由忆藏乡。
老友多情酬远客，
任它思绪渺茫茫。

作于 2013 年 8 月 27 日。

颇章：藏传佛教称宫殿为颇章，此句指阜新海棠山的寺庙是藏传佛教风格。

七　绝

无　题

（不理秋浓任晓昏）

不理秋浓任晓昏，
晴空霓裳帐中云。
分明度得合欢曲，
却把清词慢慢吟。

作于 2013 年 9 月 3 日。

七 绝

新闺怨词

淡扫蛾眉梳翠鬟，

清敷荷粉误音传。

无言恰似云追月，

莫问星河欲曙天。

作于 2013 年 9 月 30 日。

五　绝

静夜思

无月中庭夜，
萧萧似晚秋。
天边多少事，
隐隐落阶头。

作于 2013 年 9 月 19 日。

七　绝

送友之福建

金秋谁写傲云篇?
塞外飞鸿落闽南。
无限风华须放眼,
千山不过武夷山。

作于 2013 年 10 月 3 日。

七 绝

无 题

（丹霞碧水化甘霖）

丹霞碧水化甘霖，
北雁南飞满目春。
夜曲茗香最堪记，
一人承载两人心。

作于 2013 年 10 月 6 日。

七　绝

游红海滩寄远

广袤彤纱似可盈，
沙鸥无语海风平。
即裁一缕凭心去，
直到天游九曲中。

作于 2013 年 10 月 10 日。

七　绝
无　题
（泠泠夜曲共穿林）

泠泠夜曲共穿林，
浅雾频流似海春。
却是秋深难忘事，
眼中风物梦中人。

作于 2013 年 10 月 19 日。

五　律

霾中漫步

莫嫌霾滓重，
庭步入仙班。
放眼红尘事，
昭昭更胆寒。
楼台忽掩映，
山影正缠绵。
或许今宵戒，
复成明日餐。

作于 2013 年 10 月 19 日。

前日沈阳雨后雾霾障目，却也仙姿百态，妙趣横生。

五 律

冬日偶记

暖日尚逡巡，
深冬偶似春。
晴光临彼岸，
响鹊旷空林。
同步轻声晚，
对酌长忆真。
欣然观社戏，
分秒笑煞人。

作于 2013 年 12 月 4 日。

社戏：宗教、风俗戏艺活动。此指东北地方戏二人转。

七 绝

忆桂林

遥记当年访桂林，
漓江与我共绝尘。
如今留影漓江畔，
唯有童颜慰简心。

作于 2013 年 12 月 8 日。

时友游桂林，恰逢全国廿多省份受雾霾袭扰，桂林亦然。从照片
中可见遇龙河、漓江天光暗淡，早没了水天一色的清明韵致。

七　绝

无　题

（和风骤雨总伤情）

和风骤雨总伤情，
咫尺天涯梦未浓。
幸有彩铃相慰藉，
晨明啼鸟第一声。

作于 2013 年 12 月 12 日。

七 绝
无 题
（莫遣黄昏入锦衾）

莫遣黄昏入锦衾，
和羹暖酒玉堂春。
人间谁唱瑶宫曲，
舞步嶙峋过小门。

作于 2013 年 12 月 13 日。

七　绝

寄　远

南向琼瑶北向茶，
朝辞龙桂暮辞家。
无边思绪融融去，
引得云端落雪花。

作于 2013 年 12 月 19 日。

七 绝

平安夜断想

看罢南海向东方，
故居呓语唤天堂。
扶摇万里平安夜，
孰料天堂是雾乡。

作于 2013 年 12 月 25 日。

雾乡：雾霾之乡。

五　律

写于辞旧迎新之际

青春别此岸，
童叟各阳关。
歌酒消今夜，
筝茶入翌年。
藏乡归故里，
梦影戍关山。
多少因缘事，
徘徊到眼前。

作于 2014 年 1 月 6 日。

七 绝

岁末寄远

嘈嘈切切入年关，
顾影择邻孝悌贤。
不羡梨花春带雨，
惯凭鸾凤舞长天。

作于 2014 年 1 月 22 日。

七 绝

无 题

（此日新居换旧宅）

此日新居换旧宅，
吉门次第向春开。
天伦絮语融融夜，
肯把相思处处栽？

作于 2014 年元月 4 日。

五　律

元宵夜记事

月醒上元节，
微寒淡淡风。
烟花忽瞩目，
灯影正倾城。
同做七星客，
独听子夜声。
千年谁了愿，
举箸得圆融？

作于 2014 年 2 月 15 日。

古 风

踏雪记忆

昨夜飞花雪，
霾城偶圣洁。
昭陵留影后，
持待仙子约。

作于 2014 年 2 月 16 日。

前日夜沈阳大雪。

七　绝

同韵诗之一
无题

几缕熏烟对酒闲，
迷离灯影忆谪仙。
残冬融雪春光在，
小月牵丝到梦边。

作于 2014 年 3 月 5 日。

与友人小聚，其间以文为戏，陆续作同韵诗。

七 绝

同韵诗之二

赠友人

幸有浮生几日闲，
佛都稽首叩金仙。
皆因仁礼禅心在，
缘到高原爱到边。

作于 2014 年 3 月 6 日。

七　绝

同韵诗之三
伤甲午

何事邻家不肯闲？
黑白鬼魅欲称仙。
熊心漠视良知在，
山姆遮羞乱海边。

作于 2014 年 3 月 9 日。

七 绝

同韵诗之四

早春

浅草惺忪未得闲，
涂山染水候花仙。
牧童远影笛声在，
细雨浓情到梦边。

作于 2014 年 3 月 11 日。

七　绝

同韵诗之五

观书

感惠得时兼务闲，
方家走笔现飞仙。
虬枝木落葱茏在，
塞外梅花落耳边。

作于 2014 年 3 月 15 日。

　　唐朝孙过庭《书谱》"一时之书，有五乖五合"，即五种不适合与适合的情况。五合即神怡务闲（心情舒畅清静无忧）、感惠徇知（感激恩惠报答赏爱）、时和气润（天气晴好干湿适度，即得时）、纸墨相发和偶然欲书。梅花落：汉乐府横吹曲名。

七 绝

同韵诗之六

赠远

诞日求闲未有闲，
心归文字意归仙。
六弦曲散余音在，
袅袅盘桓山影边。

作于 2014 年 3 月 17 日。

七 绝

同韵诗之七

送友之成都糖酒会

阳春三月许安闲，
煮酒须寻蜀道仙。
天府风华依旧在，
梦中垂手玉人边。

作于 2014 年 3 月 25 日。

七　绝

无　题

（回眸深浅见参商）

回眸深浅见参商，
渐许端详画意长。
两地清风拂弱柳，
最怜三月好春光。

作于 2014 年 3 月 23 日。

七 绝

静夜偶题

遥想当年意气真，
长河应异此星辰。
佛都垂拱波心月，
片片重生过眼云。

作于 2014 年 3 月 24 日。

垂拱：不费力气，即无为而治。

七　绝
无　题
（正是春光渐上时）

正是春光渐上时，
归来憩浴华清池。
简餐佐酒黄昏后，
静夜还家呓语痴。

作于 2014 年 3 月 24 日。

五　律

早春偶题

不独天府秀，
桑梓亦逢春。
川野迷芳草，
兰桃净滓尘。
清风河岸柳，
花海异乡人。
多少妖娆事，
盘桓彼此心。

作于 2014 年 3 月 28 日。

七 绝

早春望昭陵

此际开轩眼界开，
流光纤影任徘徊。
千丝柳绿拂春梦，
一片桃红挂满腮。

作于 2014 年 3 月 30 日。

五　绝

初春夜观玉兰

歌酒缤纷宴，
临池冷暖家。
凉风归子夜，
庭树欲光华。

作于 2014 年 4 月 3 日。

七　绝

思乡曲

暗讶京城四月天，
轻霾酷暑渡飞绵。
时人怎解乡思苦？
况有春约与影单。

作于2014年4月10日。

五　绝

咏　柳

独占江南信，
早发亘古新。
不攀红杏蕊，
长做水波裙。

作于 2014 年 4 月 12 日。

七　绝
赏　花

最爱昭陵景色深，
铅华无语暗铺陈。
分明自诩承恩重，
何树柯芽不报春？

作于 2014 年 4 月 12 日。

七　绝

寄　远

入湘白昼似黄昏，
树做轻衫绿做云。
欲剪江山织锦绣，
馈君长做五湖人。

作于 2014 年 4 月 20 日。

是日谷雨，赴湖南湘西州会。

七　绝

题千山梨花树寄远

幸倚佛山与道山，
心生灵慧入天年。
婆娑满目言蜂蝶：
不是花仙是树仙。

作于 2014 年 4 月 22 日。

时友到千山游览，寄千山佛寺百年梨树开花照片。

七　绝

见昭陵丁香花

园里丁香恣意燃，
清风也醉入毫巅。
离离多少芳菲曲，
最是传奇忆少年。

作于 2014 年 4 月 28 日。

七　绝

寄　远

贵阳多雨暗韶光，
览翠清风入夜凉。
时宿花溪闲举步，
怜伊无处不思乡。

作于 2014 年 5 月 6 日。

时在贵阳公务。

七　绝

偶　题

小室丛生对镜哀，
疏离好景厌金钗。
无边思绪何方去？
夜夜如约入梦来。

作于 2014 年 5 月 6 日。

七　绝

无　题

（山水阴阳共古今）

山水阴阳共古今，
问君可得梦中人？
减肥纵有千般法，
唯有相思最瘦身。

作于 2014 年 6 月 2 日。

七　绝

寄　远

满架蔷薇一院香，
谁将细蕊入丝囊？
中庭月色无从见，
怎遣离情到异乡？

作于 2014 年 6 月 3 日。

古 风
芙蕖咏

芙蕖甫靓妆，熠熠举方糖。顾盼掩裙翠，天资流远香。

忽有青袍客，缓步出山房。朝朝频瞩目，夜夜涌离伤：

怜君独照水，何物遮雨凉？行者共蛙虫，聒噪误端庄。

又多蠓蜓蝶，倚势绕轻狂。更耽秋节至，无力挽韶光……

呜呼复徘徊，沉吟暗思长。明其禅意永，亦许千金方：

许君醴泉水，驱疾飨甘棠。游鱼摆尾处，清澜共月光。

许君岸边柳，随君入梦乡。永无攀折恨，朝夕遥相望。

许君三寸墨，毫发满缥缃。灵犀皆通会，华颜袖底藏。

许君同心曲，缘开前世窗。莫求天数转，丝竹当绕梁。

作于 2014 年 7 月 12 日。

连日心郁而独步。偶见昭陵莲花，渐洗清心，权作人仙对话。

古 风

无 题

（晴明临水接翠微）

晴明临水接翠微，

流连蛱蝶燕双飞。

缁衣秀色属阿谁？

行歌偏爱小苹果，

蜻蜓钟情大老黑。

曼妙童心或可回。

作于 2014 年 8 月 13 日。

五　律

忆中秋

中天悬玉镜，
对影诉秋心。
缕缕幽思路，
飘飘问月人：
谁邀蓬草暖？
当访化石春。
歧步园林外，
清音无处闻。

作于 2014 年 9 月 11 日。

五　律
无　题
（桂月沾秋影）

桂月沾秋影，

随形入帝川。

朝朝如客仆，

夜夜对孤眠。

朗朗昭陵雨，

绵绵藏地山。

何言一杯酒，

即可慰离颜？

作于 2014 年 9 月 23 日。

时友为离京返程人设宴接风。

五　绝

偶　题

情久偏多怯，
尊华尚小餐。
应知琴瑟调，
至简自生禅。

作于 2014 年 10 月 25 日。

五　绝

新闺怨词

经商多意气，
行酒少低头。
昨夜如约去，
天边月似钩。

作于 2014 年 11 月 13 日。

五 律

致 爱

小室融融坐，
凄然泪满襟。
秋来风雨晦，
无语却伤神。
百重归萍渚，
繁华入简心。
循环多定数，
丰俭岂由人？

作于 2014 年 11 月 22 日。

七　绝

无　题

（小店熏烟对酒频）

小店熏烟对酒频，
昭陵寒气柏森森。
中天月色清如水，
不照光阴只照人。

作于 2014 年 12 月 9 日。

五　律

岁末访千山

一夜千山雪，
朝霞四望开。
车行频炫目，
鸟落不惊宅。
观阁夹松起，
莲花倚地栽。
知交长恨少，
今日可同来？

作于 2014 年 12 月 22 日。

五　绝

新岁三章之一

多少红尘事，
如何局外人。
相逢白玉暖，
对饮是关心。

作于 2015 年 1 月 5 日。

七　绝

新岁三章之二

大幕无言落又升，
人间歌调几回同？
掌声欢笑飘香砌，
不过莲旁一缕风。

作于 2015 年 1 月 5 日。

七　绝

新岁三章之三

春秋朝暮皆堪待，
惟有人生少故人。
阅尽繁花频自省，
清茶淡酒简真心。

作于 2015 年 1 月 5 日。

五　律

昭陵漫步

夜永华灯灿，
餐余脚步勤。
碑寒凝古壮，
雪细人眉新。
山影连绵意，
潭桥彼此心。
行行当蹑履，
俊鸟卧高林。

作于 2015 年 1 月 13 日。

古 风

节日心情之一

沙沙室里灯，

默默空中雪。

定定美人图，

千肠共百结。

影留藏地情，

山眺故乡野。

岂以偏锋小，

相思由此绝？

作于 2015 年春节期间。

五　绝

节日心情之二

今日始为客，
团圆入帝京。
故乡寻雪后，
无语过昭陵。

作于 2015 年春节期间。

七　绝

节日心情之三

四季常闻莺柳啼，
古城南北又东西。
寻常鲜有武侯慧，
情炽偏生司马疑。

作于 2015 年春节期间。

五　绝

节日心情之四

粒粒春风雪，
无花只有寒。
如何长夜里，
孤影又孤山。

作于 2015 年春节期间。

五　绝

节日心情之五

天数由天定，
因缘自有无。
江湖休笑我，
佛岸得遗书。

作于 2015 年春节期间。

五　绝

节日心情之六

日照流连影，
夜生彻骨凉。
绵绵不尽雪，
处处写洪荒。

作于 2015 年春节期间。

七　绝
节日心情之七

暂把心情托故交，
蓝天春色各丰饶。
寻常恨有晴明雨，
真意随风解暗礁。

作于 2015 年春节期间。

七　绝

节日心情之八

总把京畿作近郊，
融情咫尺赴边遥。
春风昨夜出关外，
许是归乡洗客袍?

作于 2015 年春节期间。

七 绝

偶 题

先有短信废心神，
再由微信破晓昏。
何如洗手寻清净，
做个简单原始人。

作于 2015 年 2 月 25 日。

古　风

新年杂咏

我家无宫阙，室小又偏郊。笔砚盈其内，茶台列其僚。

属意同君好，岁月不知老。早墨赋新诗，暮语寄芳草。

犹记少年日，轻囊入云霄。梵音出圣境，斯生共君邀。

陈言新河北，迷离农家坳。千山一夜雪，盘抚何曾遥？

平明光影楼，四季昭陵道。娓娓心头事，涓涓惠风飘。

情真易偏执，情炽反生薄。我本凡夫子，怎敢弄风潮！

佳期多怨怼，梦境苦煎熬。黎明白日暗，楚国谁细腰？

伏惟寄语时，春日北风号。彼此相思重，小室雨空娆。

深深揖礼罢，还请定睛瞅：非关一世情，唯有誓言高。

作于 2015 年 2 月 28 日。

七　绝

偶　记

世情万种有因循，
弱水千条汇海门。
恰似缘由天数定，
无时无处不思君。

作于 2015 年 3 月 3 日。

七　绝
无　题
（谁见年华似水流）

谁见年华似水流？
春风不解戍边愁。
当年自诩逍遥客，
一曲传奇泪忘收。

作于 2015 年 3 月 5 日。

五　律

无　题

（寒意迢迢过）

寒意迢迢过，

春来一念风。

天边红杏蕊，

幽谷玉兰丛。

去日经飞雪，

流云障远星。

非因同路曲，

何以最关情？

作于 2015 年 3 月 7 日。

五　绝

无　题

（我植常青树）

我植常青树，
夙夜望葳蕤。
许有宽宏过，
绝无格调非。

作于 2015 年 3 月 8 日。

五　绝
无　题
（愁绪纷纷乱）

愁绪纷纷乱，
百思难得清。
梦中将共饮，
不忍到黎明。

作于 2015 年 3 月 10 日。

五　绝

偶　题

阴阳频错序，
食寝欠周全。
本是伤心事，
何须护胃肝？

作于 2015 年 3 月 13 日。

七　绝

遣　意

朴树危楼对影深，
星河黯淡晚风沉。
清茶一品临碑刻，
写尽春风不是春。

作于 2015 年 3 月 13 日。

七 绝

酒后心情

残雪洇鞋败叶飞，
霾风吹帽纸钱廻。
潇潇一夜无题酒，
心与长天谁更灰？

作于 2015 年 3 月 16 日。

七　绝
无　题
（春风春雨两相生）

春风春雨两相生，
除秽吹云渐次清。
北国花迟君莫怨，
苍天何处不公平？

作于 2015 年 3 月 17 日。

五 绝

赠 诗

高端何处有？
好酒未曾闻！
文贾兼容久，
温良润远心。

作于 2015 年 3 月 20 日。

五　绝

题　画

一幅凝神画，
浮生若有无。
安之帘榻卧，
何处得愁孤？

作于 2015 年 3 月 23 日。

五　绝

感　意

三月熏风软，
了然关内行。
相思如翠蔓，
爬上柳条青。

作于 2015 年 3 月 24 日。

五 绝

寄 远

久失云外讯，
万事不安心。
昨夜飘然至，
梦中偏掩门。

作于 2015 年 3 月 25 日。

五 绝
无 题
（世事皆学问）

世事皆学问，
传习法自然。
犹同天上月，
影落水云穿。

作于 2015 年 3 月 27 日。

七　绝

无　题

（春雨摇怜午后明）

春雨摇怜午后明，
昭陵并步水含情。
林中多少婆娑态，
半是谜云半是星。

作于 2015 年 4 月 5 日。

七　绝

劝

莫以层峰逐浪高，
天公有意辨分毫。
环肥燕瘦千年媚，
内质何须手术刀？

作于 2015 年 4 月 15 日。

五　绝

遣　兴

兴满逢车漾，
晴光渐晚凉。
如何凉入骨？
疑是九秋霜。

作于 2015 年 4 月 24 日。

五 绝

偶 记

行役复行役，
心仪处处闲。
珍珠和草芥，
何必苦相干？

作于 2015 年 4 月 24 日。

五 绝

偶 题

得失无计数，
军功岂能偿？
幸有衷情满，
舒眉试晚装。

作于 2015 年 5 月 4 日。

五　律

昭陵漫步

园林闲举步，

春雨夜初停。

淑气清犹冽，

飞花不再生。

骊珠仙子阵，

神曲汉家兵。

歧路流菲霭，

融情又几重？

作于 2015 年 5 月 6 日。

颈联：指夜幕下高矮参差的树木像仙子列阵。健步走的队伍播放着军旅曲，宣扬着爱国情怀。

五　绝

寄语母亲节

暂弃丹青笔，
莫贪光影楼。
佳期逢使节，
来自海西头。

作于 2015 年 5 月 9 日。

五 律

雨霁昭陵晨韵

我爱昭陵秀，
今朝分外明。
花风霾雾净，
柳岸杏桃青。
香淡空庭广，
水平昨日丰。
边城如是否？
许许故人情。

作于 2015 年 5 月 13 日。

五　律

遣　闷

高原癸巳会，
童日醉迷离。
漫以沉吟久，
恭中悟凤稀。
情真诗满纸，
瑰丽百无一。
此刻君知否？
空山杜宇啼。

作于 2015 年 5 月 26 日。

七　绝

咏　桥

曼妙玲珑静似诗，
人间有幸莫虚词。
虹桥岂是无情物？
暗许倾心留影枝。

七　绝
无　题
（两年风雨沐红尘）

两年风雨沐红尘，
常把宽容共简真。
童日连心君莫笑，
狂歌岂止少年人。

作于 2015 年 6 月 1 日。

七　绝
忆　旧

白象何曾忘藏乡？
蛱蝶依旧绕格桑。
心中万转千回夜，
犹是同声唱月光。

作于 2015 年 6 月 3 日。

白象：佛教故事称佛祖释迦牟尼前世是白象的化身，故白象在佛教中代表祥瑞。格桑：西藏的代表植物格桑花。

七　绝

无　题

（且梳条理做约章）

且梳条理做约章，
往日醺醺往事猖。
馈赠平戎三两语，
与君绳检到苍茫。

作于 2015 年 6 月 5 日。

古 风

昭陵遇雨

暮遇昭陵雨，颗颗大如丸。林幽忽鼓瑟，路旷偶斑斓。

惊余将疾步，鞋重脚蹒跚。索性由它去，行行苏子闲。

却见晴光转，风清地皮干。相顾比邻客，流霞如水湲。

一笑堪持重，安然可度仙。

噫！世事突临百状前，半是惊弓半似蝉。

绝无蓑笠扶青杖，几人静虚守心田？

心空当明道在朴，心净自有天惜怜。

自然有法亦无法，笃守平和可顺天。

感此如意事，牵手共开颜。持谢谁家子？倾心第一餐。

作于 2015 年 6 月 6 日。

五 绝

戏 赠

纤指习素描,
画球得碧桃。
分明天上璞,
人间望巧雕。

作于 2015 年 6 月 13 日。

七　绝

无　题

（地北天南共暮朝）

地北天南共暮朝，
画坊素手任勾描。
融融夜下边城路，
忍把香缇做灞桥。

作于 2015 年 6 月 15 日。

七　绝

端午节有赠

裁剪清愁到月光，
潺潺流向汨罗江。
佳人馈粽倾心外，
长忆当年香叶长。

作于 2015 年 6 月 20 日。

七　绝

酒后作

窘状淋漓难自容，
中间多少断魂情。
皆言好酒添诗兴，
我却因之误余生。

作于 2015 年 6 月 23 日。

七　绝

偶　题

忍把开头做尽头？
山河同向莫分流。
吞声遥望边城月，
憔悴难遮满面羞。

作于 2015 年 6 月 28 日。

五　绝

寄　远

昨夜雨风频，
新声似旧闻。
灵霄忽展目，
对影赋丹心。

作于 2015 年 7 月 1 日。

七　绝
记　梦

卿卿何物饷侬肠？
努语油条伴豆浆。
举步惊回月下影，
方知梦里是天堂。

作于 2015 年 7 月 6 日。

五 律

月下独酌

恨有捶心痛，
伤人亦自伤。
昭陵无瞑目，
仲夏满凄凉。
记忆山何重，
徘徊影更长。
愿倾河九曲，
斯世绕君芳。

作于 2015 年 7 月 7 日。

五 绝

回乡公务偶记

劳劳役行满，
烈烈暑光频。
兼有牵神事，
故乡无可亲。

作于 2015 年 7 月 10 日。

七　绝
无　题
（欲遣情思驭电风）

欲遣情思驭电风，
排山过海忘时空。
泥她无语平离绪，
收纵徘徊又几重。

作于 2015 年 7 月 17 日。

七　绝

闻喜讯后（一）

申时喜讯按时来，
连锁心霾一瞬开。
毕竟古稀良善客，
长天自有巧安排。

作于 2015 年 7 月 20 日。

七 绝

闻喜讯后（二）

此痛月余犹胆寒，
昼昏夜醒幻虚间。
红尘幸有华佗似，
或许今宵可入眠。

作于 2015 年 7 月 20 日。

五　律

忆　梦

连宵无梦绪，

得寐即重逢。

渡远红尘外，

飘身阆苑中。

凭轩理云鬓，

对影唱和声。

不舍牵衣角，

任它天又明。

作于 2015 年 7 月 23 日。

五　绝

天　问

旦日展眉峰，
旋旋又泣嘤。
苍天频夜雨，
何处有公平？

作于 2015 年 7 月 27 日。

五 律
寄 远

手机传讯罢，
瞠目更穿心。
泉水初竭脉，
秧苗甫断根。
燥风常束阁，
苦雨乱倾盆。
惟以余生累，
叠加我自身。

作于 2015 年 7 月 30 日。

七　绝

无　题

（人道天凉好个秋）

人道天凉好个秋，
我从今日始知由。
天涯咫尺冰融岸，
咫尺天涯雪染头。

作于 2015 年 8 月 15 日。

七 绝

题 照

幽幽小径绕方塘,
莫问深山日月长。
玉树流连花影色,
频推浅叶到橱窗。

作于 2015 年 8 月 15 日。

古 风

游汤沟

久慕空山趣，
今逢云影重。
拾阶忽遇雨，
玄幻瞬时生。
际运循天道，
得阴莫望晴。
况多豪逸子，
纵饮亦高风。

作于 2015 年 8 月 16 日。

七　绝

忆

平明无语任时空，
不理心中万壑松。
昨夜传音应酒后，
依依难舍旧时情。

作于 2015 年 8 月 25 日。

五 律

阅兵日有记

我在中军帐，
卿独赏阅兵。
金秋扬浩气，
华夏起苍龙。
畅叙怜红酒，
徐行笑晚风。
择食耽脾胃，
相悦养心情。

作于 2015 年 9 月 4 日。

七　绝

偶　记

最爱边城似海遥，
简餐对酒共中宵。
闲庭漫步应珍重，
一任飞蛾冷眼瞧。

作于 2015 年 9 月 5 日。

七　绝

无　题

（暗哂痴人醉抚琴）

暗哂痴人醉抚琴，
喧喧不见绕梁痕。
瑶池自有消魂曲，
花影婆娑香满身。

作于 2015 年 9 月 5 日。

古　风

假日日记

一日入厨下，简餐清味长。莫贪食客赏，同辉唱月光。

五日车似船，豪兴过秋园。宴客乐山下，归游小室间。

七日离郭去，散步咏高秋。绵情无彼岸，烦恼有尽头。

长假三番景，又多梦里逢。唯有隔岸柳，忆此苦行僧。

作于 2015 年 10 月 18 日。

五 律

忆

不待斟择后，
栖息小室偏。
我食灵药去，
君乘玉风还。
简饪邀京味，
轻酌御沈寒。
凭窗遥寄许，
影留日月山。

作于 2015 年 11 月 6 日。

七　绝

寄　远

沈城连日风光恶，
障目阴霾今暂开。
却是情深失语夜，
浓云过后又重来。

作于 2015 年 11 月 16 日。

七　绝

致　谢

情到深时任放收，
非关戎马与貂裘。
中宵一诺惊天地，
直教英雄泣不休。

作于 2015 年 11 月 26 日。

七 绝

寄 远

将行却见雪纷纷，
暗许卿家自不群。
此去岛城须放眼，
邯郸谁爱寿陵君？

作于 2015 年 11 月 30 日。

青岛：又称岛城。

七　绝

画　境

谁将素练细勾描？
渐有春风上树梢。
影绰山随积雪暗，
光清莺引赤霞高。

作于 2015 年 12 月 5 日。

后 记

杨明山

　　这本书收录了我从 2013 年 6 月到 2015 年 12 月之间的诗作 214 首，也是我的第三本个人诗集。

　　我曾有过三年的援藏经历。西藏一直是我心中的净土，所以我的诗意人生离不开西藏的滋养。即使现在，我心中始终都有一个圣洁美丽飘然若仙的影子存在。我援藏之初很有一些梦想，就是以我笔写所思所见，一如鲁迅先生在《呐喊》自序中描述的那样美满。其实，戍边出关是中国史上文人贤士的一个心结。边塞诗歌磅礴大气独领风骚，但日子需要一天天来过，生活中除了诗和远方，还有数不尽的暴风骤雨，烈日黄沙……

　　因为艰苦，所以深刻。

　　因为点滴，所以汪洋。

　　我的第二本诗集《藏地留痕》即诞生于此。

　　结束援藏是 2013 年 6 月，而我的梦想依然延续。不是我不想醒来，而是写作已成积习。不论我的诗风是豪放还是婉约，不论诗的内容是小资还是型格，我都用心去描摹。只可惜不能"白日放歌须纵酒"了——虽有小酌,有重聚,有魂牵梦绕,有山影随形,就像看多了佛教史唯有六世达赖过目不忘一样,但诗酒兼收的豪迈洒脱与"惟有饮者留其名"的荡气回肠已不可能实现——酒量太逊与时光不再。我曾自嘲,这也许是我梦想中唯一不美满的地方吧。

感谢全国公安文联副主席张策先生深情作序。张策先生一代公安文学领军人物,又是同乡,亦师亦友,十余年中我受益颇丰。特别是他曾于 2013 年 9 月亲赴沈阳主持《藏地留痕》研讨会,"荫泽"之意溢于言表。本次序言不仅详述了我们的友谊,其中对我的肯定和勉励也鞭策我不能搁笔,还要沿着文学创作之路砥砺前行。也感谢我省书法名家高波先生不吝题写书名"诗情未了"。只可惜这套丛书统一称谓和格式,这么好的书法不能用到封面上展示,就只好委屈在后记里面享有一隅清闲。如果我的诗词不忍卒读,那么就凭借这一序一字为全书增色吧。

二〇一六年六月于沈阳

附:书法名家高波先生题写书名